I0551610

CLOVIS HUGUES

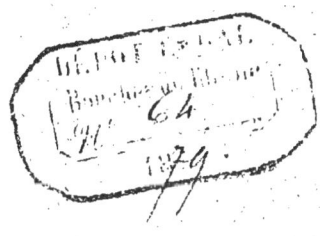

UNE

# NUIT DE MOLIÈRE

COMÉDIE EN UN ACTE ET EN VERS

*Représentée pour la première fois*

*au théâtre du Gymnase de Marseille, le 17 Janvier 1879*

A L'OCCASION DE L'ANNIVERSAIRE DE MOLIÈRE

Suivie d'une Poésie à

## MOLIÈRE

lue par M. Ortel au nom des artistes du Gymnase
après la première représentation d'*Une Nuit de Molière*

MARSEILLE

RUAT, LIBRAIRE-ÉDITEUR

Rue Grignan, 54

Y+

1879

SOUS PRESSE, DU MÈME AUTEUR :

# LES DEUX CORDES DU CŒUR

# UNE NUIT DE MOLIÈRE

COMÉDIE EN UN ACTE ET EN VERS

Marseille.— Imp. E. Chatagnier et Cⁱᵉ, rue Paradis, 42

# CLOVIS HUGUES

## UNE

# NUIT DE MOLIÈRE

### COMÉDIE EN UN ACTE ET EN VERS

*Représentée pour la première fois*
*au théâtre du Gymnase de Marseille, le 17 Janvier 1879*

### A L'OCCASION DE L'ANNIVERSAIRE DE MOLIÈRE

Suivie d'une Poésie à

## MOLIÈRE

lue par M. Ortel au nom des artistes du Gymnase
après la première représentation d'*Une Nuit de Molière*

## MARSEILLE

### LAVEIRARIÉ LIBRAIRE-ÉDITEUR

Rue Grignan, 54

## 1879

# PERSONNAGES

MOLIÈRE......  M. Duchesnois.

LA MUSE ......  M<sup>me</sup> Andrini.

# UNE NUIT DE MOLIÈRE

Le théâtre représente le cabinet de travail de Molière.— Une porte au fond. — Au-dessus de la porte, le portrait d'Armande Béjart. — Sur un guéridon, un volume ouvert des œuvres de Molière.— Au lever du rideau, Molière, assis devant une table, écrit.

## SCÈNE PREMIÈRE

### MOLIÈRE

*Allons, Molière, allons, travaille, fais ton œuvre !*
*L'homme est tigre ou lion, l'homme est singe ou couleuvre :*
*Guerre aux bêtes qui sont dans l'homme ! Tout l'enfer*
*Rugit, bave et se tord sous ma plume de fer.*
*Bravo ! j'aime à tenir à l'étroit dans mes rimes*
*Les faiseurs de pathos et les faiseurs de crimes,*
*Le scélérat heureux et l'hypocrite vil,*
*Et je fais volontiers danser au bout d'un fil*
*Tous ces pauvres pantins de chair.*

(Il se lève.)

*Quelle torture !*

*Rire et souffrir ! Cacher aux hommes la blessure*
*Qu'ils vous ont faite au cœur ! Ne la leur laisser voir*
*Qu'à travers les ennuis des autres ! Ne pouvoir*
*Être qu'un mannequin qui souffre et qu'on admire !*
*N'être jamais soi-même un instant ! Faire rire*
*Des princes, des marquis, quand on sent en dedans*
*La douleur vous ouvrir le cœur avec les dents !*
*Être un Scapin fouetté sur le théâtre, à l'heure*
*Où l'on écoute en soi quelque chose qui pleure !*
*Railler son propre deuil pour amuser des fous !*
*Créer un type humain qui souffre comme vous !*
*Le jeter tout vivant ensuite sur la scène,*
*Pour le faire accueillir par quelque rire obscène,*
*Et pourtant être fier de le voir accueilli*
*Par ce rire brutal, fait de gloire et d'oubli !*

(Un silence.)

*Qu'ai-je donc fait à Dieu pour avoir du génie ?*

(Feuilletant un volume de ses œuvres.)

*Je suis ma propre honte et ma propre ironie !*
*Ce livre que j'abhorre et qui pourtant m'est cher,*
*C'est mon cœur répandu, c'est la chair de ma chair,*
*C'est toute la douleur dont mon âme est remplie,*
*C'est ma souffrance avec un bonnet de folie,*
*C'est ma tristesse avec un masque grimaçant !*
*Ces feuillets à mes doigts devraient laisser du sang*
*Lorsque ma main les touche. Ah ! comme ils sont Molière!*
*Alceste a comme moi l'humeur fantasque et fière ;*

Mais la cour me fait peur, quelquefois je suis las,
Et j'ai fait de Tartufe un hypocrite, hélas !

(Revenant sur le devant de la scène.)

Comme ils pèsent sur moi ces courtisans infâmes,
Ces hobereaux sucrés, ces enjoleurs de femmes
Qui font de grands saluts et qui ne veulent pas
Qu'on leur dise tout haut ce qu'on pense tout bas !
Palsambleu ! je les hais d'une robuste haine,
Tous ces serpents ayant une figure humaine,
Tous ces jolis galants au corsage élancé,
Qui mettent leur esprit dans un jabot plissé,
Tous ces bruyants faiseurs de choses ridicules,
Tous ces nains chamarrés, plus fiers que des Hercules,
Tous ces fats qu'au théâtre on voit aux premiers bancs
S'abattre chaque soir dans des flots de rubans,
Tous ces petits vieillards, familiers des coulisses,
Qui de leurs billets doux poursuivent les actrices,
Tous ces beaux soupirants qui font par un valet
Présenter leurs respects aux dames du ballet,
Et qui, stupidement enfoncés dans leur boue,
Ne s'aperçoivent pas que Molière les joue !
O misère ! ils sont là, riant affreusement,
Quand une femme trompe, hélas ! pour un amant,
Avant le deuxième acte, un pauvre Sganarelle
Qui ne demanderait qu'à pouvoir croire en elle,
Et pourtant, ô douleur ! Sganarelle, c'est moi !

(Se tournant vers le portrait d'Armande Béjart.)

Pourquoi ne pas m'aimer, moi qui n'aime que toi ?
Pourquoi ne pas vouloir être, ô coquette Armande,
La femme du devoir, l'épouse fière et grande
Qui sourit au poète en lui tendant la main ?
L'amour ne peut-il pas persister dans l'hymen ?
Une femme qu'on aime et qu'on défend sans cesse
Ne peut-elle pas être une douce maitresse ?
Et ne peut-on l'aimer, sans craindre quelque affront ?
Qui sait ? Peut-être un jour les hommes se diront,
En détournant les yeux de mon œuvre immortelle :
« Ce Molière, après tout, n'était qu'un Sganarelle ! »
J'ai bien souffert, ce soir. Que fait-elle à présent ?
Ce marquis lui contait des fadeurs en passant,
Je sentais tout mon sang me monter à la face,
Les dames autour d'eux se parlaient à voix basse,
Je causais, je riais, n'osant pas laisser voir
Mon ridicule ennui. J'ai bien souffert ce soir !

(Il ouvre une fenêtre.)

O peuple de Paris, ô grand peuple qui m'aimes,
Toi qui comprends si bien mes angoisses suprêmes
Chaque fois que je t'ouvre un côté de mon cœur,
O peuple fraternel, si doucement moqueur,
O toi qui m'applaudis avec un saint délire,
Viens voir pleurer Molière, après l'avoir vu rire !

(Il tombe sur une chaise.)

## SCÈNE II.

### MOLIÈRE. — LA MUSE.

LA MUSE (entrant lentement).

*Effuie, ô mortel, les pleurs de tes yeux !*
*Vivre, c'est souffrir. Accomplis la tâche*
*Qu'à ton noble orgueil imposent les dieux.*
*Qui souffre le plus, travaille le mieux*
*Et qui ne sait pas souffrir est un lâche.*

*Des jours moins amers peut-être viendront.*
*La douleur humaine est comme une armure :*
*Il faut la porter en levant le front.*
*Poète, la gloire est faite d'affront*
*Et toute la tienne est dans ta bleffure !*

*Tout homme n'est grand que par ses douleurs,*
*C'est aux rameaux noirs, aux troncs sans racines,*
*Que l'été suspend les nids querelleurs.*
*La rose n'est belle au milieu des fleurs*
*Que parce qu'elle a de tristes épines.*

MOLIÈRE

*Que me veut cette voix ? J'ai déjà trop souffert.*

LA MUSE

*Que t'importent les maux, si ton malheur te sert ?*
*Le bonheur est du moins au fond de l'espérance.*

MOLIÈRE

*Puisqu'un grand nom s'achète au prix de la souffrance,*
*Que n'ai-je eu le destin d'un mortel ignoré !*

LA MUSE

*Tu le mens à toi-même, ô poète inspiré !*
*Vous êtes tous pétris dans une même argile ;*
*Vous redoutez la mort, vous craignez l'inconnu,*
*Vous êtes stupéfaits devant un glaive nu*
*Et votre cœur est faible autant qu'il est fragile ;*
*Mais, vous le mettriez de vos mains en lambeaux,*
*Vous boiriez votre sang, le sang pur de vos veines,*
*Afin de conquérir dans les luttes humaines*
*L'inutile laurier qui croît sur les tombeaux.*

MOLIÈRE

*Qui donc es-tu pour lire au fond de ma pensée*
*Comme en un livre ouvert qu'on mettrait sous tes yeux ?*
*De quel droit comprends-tu que mon âme est blessée ?*

LA MUSE

*Ami, je suis la Muse et j'arrive des cieux.*
*C'est moi qui recueillis ta première caresse !*
*C'est moi qui fus plus tard la première maîtresse*
*Lorsque ton cœur battit sans deviner pourquoi !*
*Celle qui consola la première tristesse,*
*O poète oublieux, ce fut encore moi !*

Je t'enseignai le monde et je te fis connaître
Ton cœur, ton propre cœur plus troublé que les flots ;
Je t'appris à chanter les douleurs de ton être ;
Je t'appris à pousser de lyriques sanglots.
Tu n'étais qu'un enfant ignoré de l'envie,
Un rêveur qui s'assied aux bornes du chemin :
Je me penchai sur toi, je te pris par la main
Et j'ouvris dans ton sein la source de la vie.
Elle jaillit avec des clameurs de torrent
Jusque sur les pieds nus meurtris par les épines :
Quand tu te fus lavé dans ses ondes divines,
Tu regardas ton ombre et tu te trouvas grand !
Pendant que tu rêvais, je tendis sur ta lyre
La sombre corde humaine où vibrent les douleurs.
La nature n'était qu'un immense sourire ;
Le vent portait au ciel l'âme errante des fleurs.

MOLIÈRE

Je te reconnais trop, ô Muse impitoyable !
C'est toi qui pour toi-même aux Dieux m'as immolé.

LA MUSE

J'ai fait encore plus, poète : j'ai foulé
Tes chimères d'amour comme des grains de sable ;
Je t'ai montré le masque et la réalité ;
Je t'ai fait dépenser une infertile sève ;
Dans le gouffre éternel j'ai moi-même jeté
La clé d'or qui t'ouvrait les portes d'or du rêve.

MOLIÈRE

*Tu m'as désespéré, tu m'as vêtu de deuil.*

LA MUSE

*J'ai fait encore plus : j'ai soulevé la haine*
*Autour de ton génie et de ton noble orgueil.*

MOLIÈRE

*Que suis-je sous ton souffle ? Un peu de cendre humaine.*

LA MUSE

*Si tu n'avais été qu'un vulgaire passant,*
*Tu te serais courbé sous le vent de mon aile*
*Sans même avoir compris que je suis grande et belle.*

MOLIÈRE

*Tu ne m'aurais pas fait pleurer des pleurs de sang !*

LA MUSE

*Si tu n'avais été que ce passant stupide,*
*Tu douterais des Dieux, de ta mère et de toi.*

MOLIÈRE

*Si le bonheur existe et si tout n'est pas vide,*
*Le souvenir du moins devrait s'éteindre en moi.*

LA MUSE

*Oublier et souffrir, c'est espérer sans croire,*

*C'est couper la racine aux dépens des rameaux.*

MOLIÈRE

*Tu ne m'as rien appris.*

LA MUSE

*J'ai fécondé les maux*

MOLIÈRE

*Tu ne m'as rien donné,*

LA MUSE

*Je t'ai donné la gloire.*

MOLIÈRE

*La gloire n'est qu'un nom écrit sur un linceul.*

LA MUSE

*La gloire est le lever d'une étoile dans l'homme.*

MOLIÈRE

*Eh! que m'importe à moi que mon siècle me nomme,*
*· Si je suis malheureux, si je suis triste et seul?*

LA MUSE

*Lorsque sous le pressoir on met les grappes mûres,*
*Le vin, le vin sacré coule en sillons vermeils,*
*Tel que le sang de l'homme aux lèvres des blessures :*

O poète, la gloire et le vin sont pareils !
Ils versent tous les deux l'ivreſſe aux créatures ;
Ils sont nés tous les deux du baiser des soleils.

### MOLIÈRE

Je ne veux pas connaître une nouvelle ivreſſe :
J'ai déjà trop connu l'ivreſſe de l'amour.

### LA MUSE

Pourquoi de ton amour souffrirais-tu sans ceſſe ?
L'espoir est éternel, les regrets n'ont qu'un jour.

### MOLIÈRE

Cette femme, vois-tu, je l'aime ! Elle est si belle
Que pour un seul regard, pour un sourire d'elle,
J'effeuillerais au vent mon immortalité.
Lorsque je sais le mieux qu'elle m'est infidèle,
Tout me défend de croire à la réalité.

### LA MUSE

Laisse parler ton cœur, sublime Sganarelle !

### MOLIÈRE

Elle n'était encor qu'une rieuse enfant,
Un oiseau qui gazouille au lever de l'aurore,
Une petite fée au rire triomphant,
Quand elle m'inspira l'amour qui me dévore.
Je mis toute ma gloire, hélas ! à ses genoux :

Je crus lire en ses yeux qu'elle était simple et bonne ;
Mais, elle me donna son cœur comme une aumone :
Elle ne m'aima plus quand je fus son époux.
Je travaillais, courbé sur mon œuvre éternelle :
Elle ne comprit pas l'angoisse de mes nuits,
Mon sévère idéal, mes tragiques ennuis,
Et les rôles plus doux que j'écrivais pour elle.
Elle ne réva plus qu'aux fêtes de la cour,
Qu'au triomphe bruyant des femmes de théâtre,
Et ce fut quelque drôle à la face de plâtre
Qui me vola ma part de bonheur et d'amour,
Quelque fou qui portait le feutre sur l'oreille,
Un pourpoint de velours, un jabot tuyauté,
Quelque marquis bavard, quelque duc éventé,
Quelque fat que mes vers avaient fouetté la veille !
Je les maudis tous deux, et je l'aime pourtant,
Et je suis attiré vers sa beauté suprême.
A quoi bon évoquer l'avenir éclatant ?
O Muse, tu vois bien que je souffre et que j'aime !
Tu vois bien que mon cœur ne s'est jamais fermé,
Que l'amour de la gloire en entrant dans mon âme
Ne peut pas effacer le nom de cette femme
Et qu'il est bien cruel d'aimer sans être aimé !

LA MUSE

Ne désespère pas. La Muse t'est fidèle :
Je suis ta grande amante et j'arrive à mon tour.
La femme qui n'a pas compris ton noble amour

*Est indigne des pleurs que tu verses pour elle.*
*Elle eût été sublime en s'immolant à toi*
*Et sur les lyres d'or elle eût été chantée ;*
*Mais, le génie humain est fils de Prométhée :*
*Elle n'a pu t'aimer qu'en t'immolant à moi !*

### MOLIÈRE

*Puisque mon triste cœur n'a plus le droit de croire,*
*Puisque de cet amour je suis deshérité,*
*Muse, raconte-moi quelle sera ma gloire*
*Sous les lointains soleils de la postérité !*
*Muse, soulève un peu pour moi les sombres voiles*
*Qui cachent l'avenir et les décrets du sort !*

### LA MUSE

*Ta gloire éblouissante ira jusqu'aux étoiles*
*Quand on t'aura couché dans la paix de la mort.*
*Les pleurs mal déguisés sous ta verve comique,*
*On les recueillera comme des diamants,*
*Et tous retrouveront dans ton rire tragique*
*Quelqu'un de tes sanglots, quelqu'un de tes tourments.*
*Tu seras le soldat et l'apôtre du juste,*
*Aux yeux des fiers penseurs sur ton œuvre inclinés,*
*Et les comédiens couronneront ton buste*
*Dans le recueillement des peuples prosternés.*
*Des poètes viendront, des poètes sublimes !*
*André Chénier, enfant d'Athène et de Paris,*
*Fera claquer son fouet dans la clameur des rimes,*

*Après avoir chanté l'aube et les prés fleuris.*
*La Muse au profil grec, la belle Muse antique*
*Lui dictera le chant doux et mélancolique,*
*Chanté par le captif à l'ombre des barreaux,*
*Et debout dans les plis de sa blanche tunique,*
*Elle ne se taira que devant les bourreaux.*
*Pour dire à son pays ses colères hautaines,*
*Byron découpera les fibres de son cœur*
*Et sur son luth puissant, implacable et moqueur,*
*Il les fera vibrer comme des voix humaines.*
*Schiller déchaînera les brigands sur les monts.*
*Gœthe, mêlant l'aurore et la nuit dans son livre,*
*Fera flotter sur Faust, étonné de revivre,*
*L'amour de Marguerite et l'aile des démons.*
*Lamartine, aux accords d'une vivante lyre,*
*Ira sur les lacs bleus chanter le nom d'Elvire*
*Et pendant que ses chants, dans l'espace emportés,*
*Eveilleront au loin de longs cris d'espérance,*
*Les rames dans la nuit frapperont en cadence*
*Sur la rondeur des flots par la lune argentés.*
*Léopardi mourra, pleurant sur l'Italie.*
*Musset aux jeunes gens contera ses douleurs*
*Et de quel vin amer sa coupe était remplie,*
*Alors qu'il souriait pour leur cacher ses pleurs.*
*Victor Hugo fera dans sa strophe superbe*
*Murmurer les ruisseaux et gazouiller les nids ;*
*Les roses, les sillons, les forêts, les brins d'herbe,*
*Les astres, tout vivra dans ses vers infinis.*

5

*Il chantera la grâce auguste de la femme,*
*La tombe et le berceau, la pourpre et les haillons ;*
*Il aura sous ses pieds ces quatre fiers lions :*
*L'Histoire et le Roman, l'Épopée et le Drame.*
*Il interprêtera l'énigme de la mort*
*Et pendant soixante ans, pâle visionnaire,*
*Il sera, sous le ciel où le châtiment dort,*
*Le forgeron des dieux dans l'antre du tonnerre.*
*Eh bien ! laisse ton cœur, ton pauvre cœur souffrant,*
*Battre au moins pour la gloire, ô Molière, ô poète !*
*Pleure, si tu le veux, mais relève la tête ;*
*Car, même après ceux-là, tu demeureras grand !*

#### MOLIÈRE

*Muse, tu m'as rendu une divine espérance !*
*Je ne veux plus savoir si j'ai souffert ou non.*
*Je te le disais bien : la gloire n'est qu'un nom ;*
*Mais, ce nom est aussi le nom de la souffrance.*
*J'accepte mon destin, tel que l'ont fait les dieux.*
*Frappe, frappe, ô douleur ! je fermerai les yeux,*
*Je ne me plaindrai pas, pourvu que sur ma tombe*
*Un beau laurier se lève, un peu de gloire tombe !*

#### LA MUSE (présentant à Molière sa plume)

*Poète, prends ta plume et travaille ! Ma main,*
*En tendant cette plume à ta main créatrice,*
*A sur elle le poids de tout le genre humain*

*Et tient en quelque sorte un morceau de justice.*
*Sers toi d'elle au milieu des hommes, sans effroi,*
*Comme un soldat se sert de sa loyale épée.*
*Regarde : on la dirait dans du soleil trempée !*
*Regarde : on la dirait vivante comme toi !*

MOLIÈRE (s'agenouillant)

*Je la prends de ta main comme une arme bénie.*

LA MUSE (étendant la main)

*Et maintenant debout ! fais parler ton génie,*
*Retourne à ton théâtre, ô sublime railleur !*
*Je t'ai sacré poète au nom de la douleur !*

MOLIÈRE (s'asseyant devant la petite table)

*Allons, Molière, allons, recommence ta tâche,*
*Reprends le fil doré de tes pantins vivants,*
*Flagelle de nouveau, sans pitié, sans relâche,*
*Tes faux dévots, tes faux marquis, tes faux savants !*

LA MUSE (se retirant lentement)

*Ami, travaille, travaille,*
*Travaille sans t'arrêter !*
*La vie est une bataille*
*Et travailler, c'est lutter.*

*A travers ton œuvre immense,*
*Dans tes livres éclatants*
*Tu jettes une semence*
*Que fera germer le temps.*

*Dès le lever de l'aurore,*
*Arrose-la de tes pleurs,*
*Si tu dois cueillir encore*
*Plus de ronces que de fleurs.*

*O poète, si tu laisses*
*Ton œuvre faite à moitié,*
*N'excuse pas tes faiblesses,*
*N'implore pas ma pitié.*

*La Muse ne fait pas grâce,*
*Les Dieux abreuvent de fiel*
*Tous ceux qui, dans leur audace,*
*Ont volé le feu du ciel.*

A mesure que la Muse se retire, Molière se
remet au travail. Il écrit. Le rideau tombe.

# A MOLIÈRE

POÉSIE LUE PAR M. ORTEL AU NOM DES ARTISTES
DU GYMNASE
après la première représentation
d'*Une Nuit de Molière*

O Molière ! O puissant maître ! Je te salue
Dans ton œuvre où le rire est fait avec des pleurs !
Je te salue au nom des peuples qui l'ont lue
Et qui, sans le savoir, ont vécu tes douleurs !

Je te salue au nom des vieux Aristophanes
Qui, couronnés de myrte et barbouillés de vin,
Pariodaient, devant les pâles courtisanes,
Les célestes amours, l'adultère divin !

Je te salue au nom des tristesses hautaines
Que laisse voir Alceste à Philinte surpris !
Je te salue au nom des Ephèbes d'Athènes !
Je te salue au nom des gamins de Paris !

Je te salue au nom de tous ceux qu'on révère !
Je te salue au nom de tes comédiens
Qui, réhabilités par la muse sévère,
Ont reconquis le droit d'être des citoyens !

Nous n'étions, avant toi, que des porte-guitare,
Des passants à l'étroit sous l'horizon vermeil,
Des bohêmes, des gueux à l'allure bizarre,
Qui n'avaient point leur part de gloire et de soleil.

Mais, tu fis retentir de sublimes paroles,
Tes lauriers partagés ombragèrent nos fronts,
Tu récitas tes vers, tu déclamas tes rôles,
Et nous fûmes vengés de vingt siècles d'affronts.

Grâce à toi, le poète et l'artiste sont frères,
Quel que soit ici-bas leur destin hasardeux :
Ils ont la même ivresse et les mêmes misères ;
Le même piédestal les attend tous les deux.

Et maintenant regarde, ô Molière ! ô Poète !
L'idéal éternel rallume son flambeau,
Térence est ébloui, Plaute lève la tête
Et se tourne vers toi du fond de son tombeau.

Laisse-les t'applaudir, laisse-les te sourire !
Laisse-les deviner le secret de tes pleurs !
Laisse-les s'étonner des sanglots de ta lyre !
Et, pendant que sur toi nous jetterons des fleurs,

Pendant que notre main écartera les voiles
Qui cachaient ton sourire à ce peuple joyeux,
Ils iront dans le ciel moissonner des étoiles
Pour couronner ton front pareil au front des dieux !

CLOVIS HUGUES